IDYLLE

SUR
LE MARIAGE
DE LEURS MAJESTEZ;

DIVERTISSEMENT
en Musique,

PAR J. DAVID;

Chanté à Marly le 20. Fevrier 1726.

DE L'IMPRIMERIE

De Jean-Baptiste-Christophe Ballard,
Seul Imprimeur du Roy pour la Musique, & Noteur
de la Chapelle de Sa Majesté.

M. DCC XXVI.

ACT·EURS.

LA NYMPHE de la Seine.	Mlle Antier.
VENUS.	Mlle Droüin.
DIANE.	Mlle Thulou.
APOLLON.	Mr Dangerville.
UNE GRACE.	Mlle Camille.
UN PLAISIR.	Mr Boutelou.

Troupe des Peuples de la Seine.

Troupe d'Amours, de Jeux & de Plaiſirs.

Les Graces.

Troupe de Nymphes de Diane.

Les Arts & les Muſes de la ſuite d'Apollon.

IDYLLE

SUR

LE MARIAGE

DE LEURS MAJESTEZ;

Divertiſſement en Muſique.

SCENE PREMIERE.

La NYMPHE de la Seine.

 *Aſſemblez-vous, Habitans de la Seine,*
Venez, volez de toutes parts ;
Venez vous offrir aux regards
De vôtre aimable Souveraine.

A ij

IDYLLE.

Que les Jeux, les Plaisirs brillent dans cette Cour,
Que les Amours avec leur mere
Accourent des bords de Cythere
Pour regner dans ce beau séjour.

Rassemblez-vous, Habitans de la Seine,
Venez, volez de toutes parts ;
Venez vous offrir aux regards
De vôtre aimable Souveraine.

CHOEUR.

Pour rendre hommage à nôtre Reine,
Rassemblons-nous, volons de toutes parts ;
Allons nous offrir aux regards
De nôtre aimable Souveraine.

La NYMPHE de la Seine.

Vous devez vous flater du sort le plus charmant,
Les vertus qu'elle fait paraître,
Ont enchaîné le cœur de vôtre auguste Maître :
Est-il un triomphe plus grand ?

CHOEUR.

Pour rendre hommage à nôtre Reine,
Rassemblons-nous, volons de toutes parts ;
Allons nous offrir aux regards
De nôtre aimable Souveraine.

❧❧❧ ❧❧❧ ❧❧❧ ❧❧❧ ❧❧❧ ❧❧❧ ❧❧❧: ❧❧❧: ❧❧❧

SCENE DEUXIÉME.

La NYMPHE de la Seine, & fa fuite.

VENUS, fuivie des Amours, des Graces, des Jeux & des Plaifirs.

VENUS.

DAns ces Lieux, les Plaifirs vont être de retour,
 Je préviens vôtre impatience ;
 Parmy les Jeux & l'Abondance,
 Vous allez voir regner l'Amour.

LA NYMPHE de la Seine.

Souveraine de cœurs, adorable Immortelle,
 Mere des Amours & des Jeux ;
 Pour le prix de vôtre zele,
 Recevez toûjours mes vœux.

VENUS.

Graces, Amours, Plaifirs, foûtiens de mon Empire,
 Rendez tous les Mortels contents :
 Et fi vous fouffrez qu'on foupire,
 Ne le permettez qu'aux Amants.

Animez vos Concerts, que l'Echo vous réponde,
L'Hymen unit deux cœurs au gré de leurs defirs ;
 Qu'il naiffe de leurs doux plaifirs
 La gloire & le bonheur du Monde.

IDYLLE.

CHOEUR.

Animons nos Concerts, que l'Echo nous réponde;
L'Hymen unit deux cœurs au gré de leurs desirs,
Qu'il naisse de leurs doux plaisirs
La gloire & le bonheur du Monde.

Divertissement pour la suite de VENUS.

UNE GRACE.

Hâtez-vous, volez sur nos traces,
Jeunes Beautez, augmentez nôtre Cour,
Venez, c'est dans l'âge des Graces
Qu'il faut vous livrer à l'Amour :

Tout rit dans son aimable Empire,
A ses douceurs laissez-vous enflamer;
N'attendez pas l'âge où l'on doit vous dire,
Ce n'est plus la saison d'aimer.

Hâtez-vous, &c.

UN PLAISIR.

Suivez vos desirs
Aimable Jeunesse,
Dans vôtre tendresse
Suivez vos desirs;
Laissez la tristesse,
Goûtez les plaisirs.

IDYLLE.

Sous nôtre Empire
L'Amour est charmant,
Point de tourment
Pour qui soupire,
Mille faveurs
Dans ses chaînes,
Douces langueurs,
Jamais de peines.

Une GRACE & un PLAISIR,

alternativement avec le Chœur.

Dans ces Lieux tes coups sont aimables,
Amour, blesse-nous de tes traits ;
Ceux qui paroissent redoutables
Comblent nos plus ardents souhaits.

Amour, ici tout nous enchante,
Tout s'empresse à combler nos vœux ;
Mais la saison la plus charmante
Ne sçauroit plaire sans tes feux.

Dans ces Lieux, &c.

On entend un bruit de Chasse.

VENUS, la Nymphe de la Seine.

Quels bruits ont reveillé les Echos de ces bois !
Diane avec sa cour, vient s'unir à nos voix.

SCENE TROISIÈME.

VENUS, LA NYMPHE de la Seine,
DIANE, & leur suite.

DIANE.

L'Amour vient de lancer mille traits dans mon
*　âme;*
Dans le trouble où je suis, je cherche envain
*　la Paix:*
Helas! plus ma fierté veut repousser ses traits.
*　Et plus je sens que je m'enflâme.*

VENUS.

Vôtre cœur, jusques en ce jour,
A joüy d'un destin paisible & sans envie;
Mais il n'a point connu les douceurs de la vie
*　Que depuis qu'il connoît l'amour.*

DIANE.

Que tout celebre la victoire
Que le Dieu des plaisirs remporte sur mon cœur:
Qu'il triomphe, qu'il regne, & que ce doux
*　Vainqueur*
Joüisse à jamais de sa gloire.

CHOEUR.

CHOEUR.

Que tout célebre la victoire
Que le Dieu des plaisirs remporte sur son cœur:
Qu'il triomphe , qu'il regne & que ce doux
Vainqueur
Joüisse à jamais de sa gloire.

Divertissement pour la suite de DIANE.

DIANE.

Paisibles Habitants des bois ,
Vous n'avez désormais rien à craindre.
Vivez sans vous contraindre
Suivez de douces loix.

Pour nous , le plaisir de la Chasse
N'est plus fait pour troubler vos jours ,
Nos traits lancez par les Amours,
Sur d'autres cœurs ont trouvé place.

Paisibles Habitants , &c.

LA NYMPHE de la Seine, VENUS, DIANE.

Mais , quelle brillante harmonie
Se fait entendre dans les Airs!
Quels charmes ravissants ! quels accords ! quels
concerts !
C'est Apollon qui vient seconder nôtre envie.

B

SCENE QUATRIÉME
ET DERNIERE.

LA NYMPHE de la Seine, VENUS,
DIANE, APOLLON suivy des Arts
& des Muses.

APOLLON.

DEesses, vous n'offrez que de frivoles jeux
 A des cœurs formez pour la Gloire:
Finissez vos Concerts, & tracez leur Histoire
 De cent Heros les plus fameux.

Que dans la Paix, que dans la Guerre,
 Ils rendent leur Peuples heureux,
 Le bonheur des Roys de la Terre
 C'est de s'attirer tous les vœux.

VENUS.

Les Vertus d'une auguste Reine
Sont pour la France un prétieux trésor,
Elles vont ramener cet heureux siecle d'Or
Où les Mortels vivoient sans peine.

LA NYMPHE de la Seine.

O *Dieux, qui prenez soin du bonheur des Mor-*
    tels,
  A mes vœux soyez favorables ;
Rendez de ces Epoux les jours aussi durables,
  Qu'on verra durer vos Autels.

DIANE, & APOLLON.

Que l'Amour, les Plaisirs, la Gloire, & l'Abon-
    dance
  Les rendent à jamais heureux :

Que tous les cœurs flatez d'une douce esperance
  Ne forment des vœux que pour eux.

APOLLON.

Que les Muses, les Arts qui me suivent sans cesse
  Rendent leur Regne florissant,
  Un Roy pour qui je m'interesse
  Ne sçauroit être assez puissant.

Que le feu vangeur de la foudre
  Détruise tous ses Ennemis,
  Que ceux qui ne sont point soumis
  Soient défaits & réduits en poudre.

GRAND-CHOEUR.

Que le Dieu des combats le protege toûjours.

IDYLLE.

PETIT-CHOEUR.

Que les Ris, les Jeux & les Graces
Vôlent sans cesse sur ses traces
Suivis des plus charmants Amours.

GRAND-CHOEUR.

Que les beaux Arts, la Gloire & l'Abondance
Augmentent toûjours sa puissance.

Divertissement pour les MUSES & les ARTS.

DIANE.

Dieu puissant, dans ce vaste Empire,
Que ta gloire dure à jamais,
Tu répands sur ce qui respire
L'abondance de tes bien-faits.

Le Ciel brille de ta lumiere,
La Terre produit par tes feux,
La Mer où finit ta carriere
Appaise ses flots furieux.

Dieu puissant, &c.

Lorsque tu sors du sein de l'Onde
Les champs sont émaillez de fleurs,
Tu reviens éclairer le monde
Pour renouveller tes faveurs.
Dieu puissant, &c.

La NYMPHE de la Seine, avec sa suite.
APOLLON suivy des MUSES & des ARTS.

La NYMPHE de la Seine.

Coulez Ondes , coulez, chantez tendres Oyseaux,
Joignez vôtre amoureux ramage
Au doux murmure de ces eaux.

Que la terre, les fleurs , que l'air de ce rivage
Rendent un legitime hommage
A deux Cœurs enchaînez par les nœuds les plus
beaux.

A P O L L O N.

Redoublez vos efforts, célebrez vôtre Reine,
Ses Vertus sont dignes des Dieux,
Le Heros qui porte sa chaîne ,
Méritoit ce présent des Cieux.

C H OE U R.

Joüissez d'un bonheur qui jamais ne finisse,
Aimez, regnez tendres Epoux ,
Vôtre hymen rend le Ciel propice
A nos vœux les plus doux.

F I N.

Ces Paroles sont du Sieur **FLEURY** de Toulon.

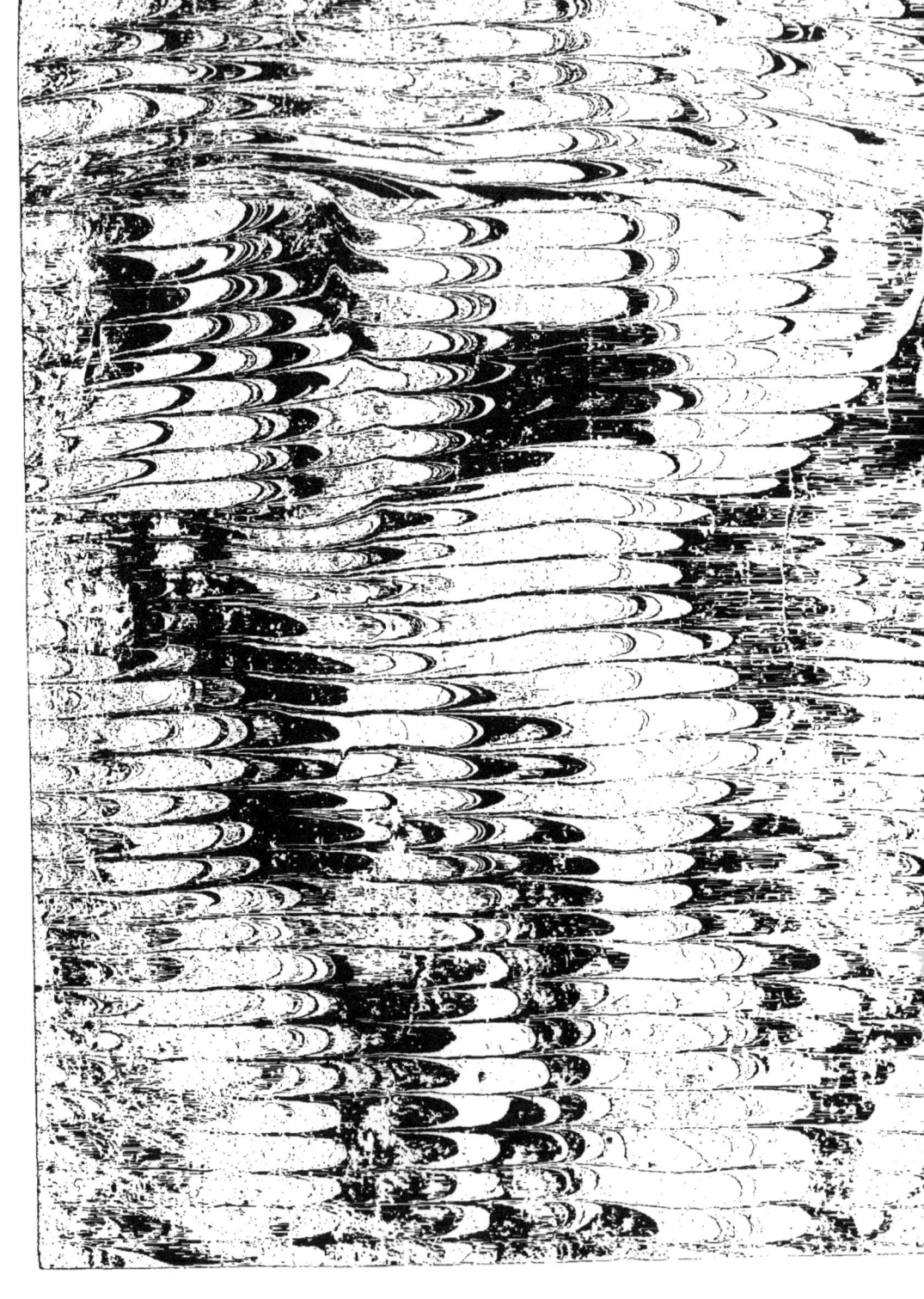

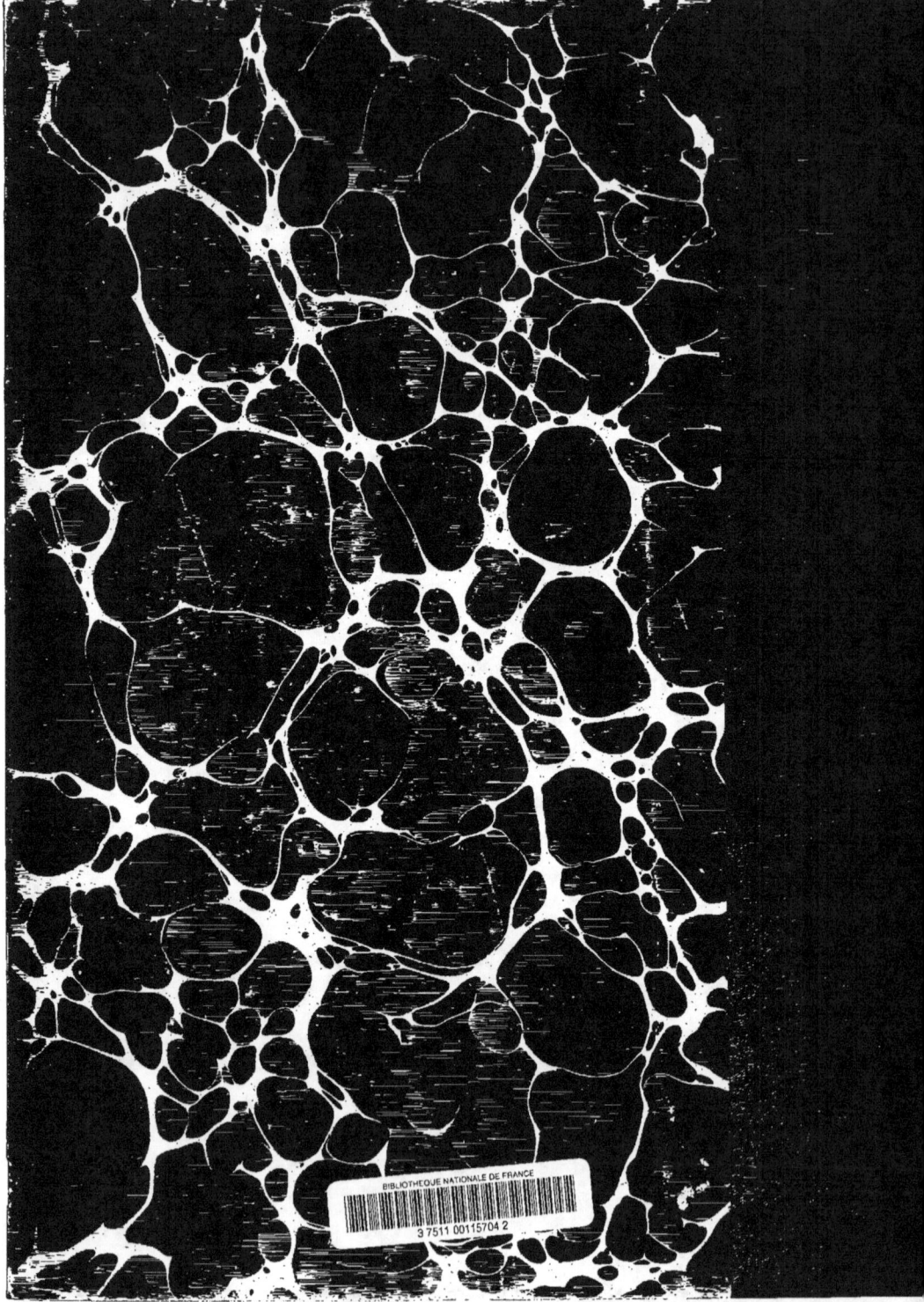

www.ingramcontent.com/pod-product-compliance
Lightning Source LLC
Chambersburg PA
CBHW060838180626
46818CB00004B/1501